面影ララバイ

五月鯉之介 Satsuki Koinosuke

文芸社

目次

人生の季節　10
生きることの大切さ　11
えにし　12
勝手口の鯉之介　15
シャドウ　16
なぜ、オフクロを愛すんだ　17
清らかな滝　18
オヤジなら　19
騙されてもいい　20
明日が　21
ガンダーラ　22

ただ一人の俺　23
自分の法律　24
ダメ？　25
語ろうか　26
男にはぐれ　27
そんな世界　28
背中　29
俺　30
シナリオ　31
生きざま　32
変わっていた　33
今日　34
ダイヤ　35
自然　36

ロマン伝染　37
遠い空　38
宇宙無限のロマン　39
運転免許の取得　40
みきわめ　42
弁当屋のおやじさん　43
横断歩道　45
お別れの挨拶　46
心筋梗塞　52
姉の一言　54
太陽　55
ゆずりゾーン　56
今の輝き　58
飛鳥　59

わらマン　60
有り難い思い出　62
素敵な幽霊　63
オヤジが選んだいっちょうら　64
面影ララバイ　66
尊いことだから　67
よろしく哀愁　68
心で　69
ロンリー　70
俺という傘　72
男　71
風　73
謳歌　74
大切に　75

ギター一本　76
何かのご縁で　77
縁　78
蟻　79
明日　80
「はじめなきゃ」　81
手品　82
物凄い何か　83
しあわせ予報　84
桜色のしあわせボタン　85
心機一転　88
俺の好きなこと　89
愛情麦茶　90
お滝さん　91

とくせい味噌汁　92
お気に入りの大切な傘　93
かわいいヤモリ　94
おとぼけさん　95
シルバーウィーク　96
生きたくてたまらない　98
役目　99
前に前に↓↓　100
ユア・マイ・ラブソング　101
ファイブ　シーズンズ　102
笑顔　105
回想　106
忘れないもの　107
海の思い出　108

だぶだぶワイシャツ　110
素晴らしい年に　111
輝いているのは　114
五月雨　115
ハクション大魔王　116
美容整形　117
リンゴ　118
ひび割れた手鏡　119
勘違い　120
うがい　121
石油　122
「なれるよ～」　123
紫陽花　124
オフクロと愛の二人三脚　125

人生の季節

明日はそれぞれ違う
目指すものが違う
寿命や運命が違う
人生の季節が違う

生きることの大切さ

生きるって……
気づいたら生きていた
大切にしないといけないな

えにし

ある年の大晦日
俺とオフクロは晩に宮島口に
車を駐車しフェリーで宮島に渡った
まだ、人も疎らで出店も開いてない
数時間耐えて時を待った
徐々に時が過ぎ周りに活気が満ちてきた
気づくと新年を祝う人でいっぱいで
出店もずらりと開店していた
俺達は除夜の鐘を鳴らす階段の長い列に並んでいた

吐息が白く寒いある年の大晦日
まもなく二十四時だ
除夜の鐘を鳴らしお詣りをし一体何を願ったのか
亡きオヤジのことか？
今はハッキリ覚えていない
おそらく最初で最後の宮島でのオフクロとの初詣

家族四人が最後にそろって外食した宮島………
二度と忘れない思い出だ
過去と現在がオーバーラップ

オフクロと帰りのフェリー
暗い海に希望の光
駐車場に行き、それから家まで真夜中のドライブ

アッという間に家に着いた
それがその年の俺とオフクロのゆく年くる年であった

『縁《これ》』って何って読むか知っている？」とオフクロは
俺の右の手のひらに漢字を書いて言った
「『えん』じゃない」と俺
それも正解とオフクロは微笑む
「私達は深い『えにし』で結ばれているのよ」
人は必ず死ぬ、当たり前だ、誰でもだ
だが、人は誰でも産まれるとは限らない
だが、人は誰でも出会えるとは限らない
大切にしよう、何を？　生とか、愛とか、様々なことだよ

勝手口の鯉之介

長男で甘えっ子の鯉之介
独り自宅浪人の鯉之介
いつもこそこそと勝手口から
家を出る鯉之介
あなたはすぐに他人のことを
あざけり笑うけれど
他人の方が
よく見えることもあるんだよ
もっと澄んだ心で透明に
自分自身を見つめてごらんなさい

シャドウ

シャドウ
俺の影は俺の過去
つきまとう
つきまとう
でも、心に太陽がある証拠なのさ

なぜ、オフクロを愛すんだ

なぜ、オフクロを愛すんだ
俺が苦しい時
ただ一人
涙を流して応援してくれたから

清らかな滝

流れる滝のように
清らかに
オフクロの心のように
やさしく
あぁ、生きられたらいいな

オヤジなら

困った時
オヤジならどうするかなぁ
と考える

騙されてもいい

今語るオヤジの話は信じられない
でも、騙されてもいい
オヤジという人間が信じられるから

明日が

明日が見えなくても
今日を生きれば明日へたどり着く
一歩一歩踏みしめて

ガンダーラ

ガンダーラやエルドラドに行きたい
でも、本当にたどり着きたいのは「自分自身」

ただ一人の俺

哀しみに打ち拉《ひし》がれる俺
何を悲しんでいるんだい？
俺はこの地球でただ一人の俺なんだぜ

自分の法律

俺の手が汚れたのは
決して盗みを働いたからではなく
自分の法律を破ったから

ダメ？

俺は、もうダメだ
なぜ、ダメなんだ？
ダメだと思うから、ダメなんだ

語ろうか

何について語ろうか
青春か
愛か
人生か
語るんではなく生きるんだね

男にはぐれ

涙は人に見せてはいけないと
教えられた
特に女性の前では
男は強くと
俺は男にはぐれそうだよ

そんな世界

お金より大事なもの
時間とか
信頼とか
愛情とか
そんな世界で生きてゆきたい

背中

背中を丸め
地面を見つめ
歩いてゆく
そんな自分になりたくない
そんな人生を送りたくない

俺

俺が戦う相手は
君じゃなく
俺自身で
最大の味方は
心の中の俺自身である

シナリオ

俺の生きざまに
シナリオはない
これからも
自由奔放に生きてゆきたい

生きざま

いろんなことあったよ
人間だから
人生だから
だから
これからも歩いてゆく

変わっていた

言い忘れた言葉
なぜあの時
言い忘れたんだろう
きっと何かが
変わっていたはず

今日

今日は何の日
俺が今日を生きる日さ

ダイヤ

俺は眠らせていないか
心の奥に輝き光るダイヤの原石を

自然

愛したい愛されたい
それが自然ってことじゃないか

ロマン伝染

あくびのように伝染して欲しい
俺の愛が君へ……

遠い空

遠い空を見つめていると
俺が誕生した宇宙が蘇る
オフクロと宇宙の源は繋がっている

宇宙無限のロマン

家にいて遥かなる旅をする
空想という名の宇宙無限のロマン

運転免許の取得

色々な人にありがとうと言いたい。感謝する人はいくらでもいる。代表して、自動車学校で出会った……見知らぬ二人。昔の……たぶん、女子大生かな？

俺は授業の予約をパソコンでマウスを動かし取ろうとしていた。その時右手が痺れていてマウスが思うように動かせなかった。

困っていたら、パアッと二人の女子大生が現れ俺に話しかけた。

「どの授業を取りたいんですか」

俺は取りたい授業を教えた。彼女達は巧みにマウスをあやつり俺が望んでいた授業を予約した。他にも色々な必要な入力をしてくれた。

「どうも、ありがとう」

「いえ、いいえ、良かったです」

そう言ってパアッと二人の学生はキラキラと去って行った。

頭をさわやかな風が吹き抜けた。二十年以上前のこと、嬉しかった、ありがとう。眩しかった思い出、なぜか、青春を感じたよ。

そして、今、君達は何をしているの？　この世界の同じ時の中で暮らしているんだね。

きっと弾けて生き生きと。

今日を生きなければ明日はない、そして、また明日が今日になり、今日を生きなければ明日はない。そんな繰り返しの中でダイヤひとかけらを発見したい。

雨のかわりに夢を降らそう愛を降らそう。

自分の為に人の為に何かをしたいのさ。

時は無限で果てしなくはかなくも命は有限で、その中で俺は明日はきっと明日はきっと、晴れるだろうと晴れるだろうと、そう信じて夜空の流れ星に願いをかける。

みきわめ

昔、運転免許を取った時、
オヤジが「今度は俺が『みきわめ』をしてやる」と言った。
それから、土、日曜日がくると、いっしょに車でドライブした。
一日中走った。
オヤジの指示通りに。
二、三か月が過ぎ、俺は音を上げた。
「もう、勘弁してくれ！」

オヤジのみきわめに合格したんだろうか？

とにかく、終わった！

弁当屋のおやじさん

あれは俺が若かりし日のこと。

その時、俺はある娘と付き合っていた。ある日、彼女と色々ドライブした。俺の車は、新車で、買ったばかりだった。

彼女が運転したいといい、彼女にハンドルを預けた。一日中走り回った。そして、夕方、美味しそうな店で、食事をしていたら、彼女に「いい加減に運転してよ。疲れたわ」と怒鳴られた。

えぇーと思いながら、俺は謝った。急に雨が降ってきた。豪雨だ。彼女を送っていく道中で、道路の端にでかい石があり、アッと思った瞬間、左のタイヤから変な音がして、こりゃ、…………パンクだね。

どうしようか、と思いながら、ある弁当屋の隣に空きスペースがあったので、なんとか車を止めた。

止めたはいいものを、俺はタイヤ交換のやり方を知らなかった。不審に思った弁当屋がきたので、事情を話した。ふーん、と弁当屋のおやじさんは、親切にもスペアタイヤと交換してくれた。「俺も、客商売だからね」とおやじさんは言って店に戻っていった。俺は、その後ろ姿に深く頭を下げた。そして、彼女に一万円を渡し、これでタクシーで帰ってくれと言った。凄く惨めだった。

一週間が過ぎ、俺は弁当屋に行って、弁当を五個買った。おやじさんの目は、刺すような目で、それがどうしたと言っていた。俺は頭を下げて、逃げるようにその場を去った。

……………。そして、一年が過ぎ、急にあの弁当屋のおやじさんのことが脳裏によぎった。俺は、何かに取り憑かれたように、弁当屋に行った。

すると……………弁当屋はつぶれていた。あの時のドライブした彼女とも別れていた。ひどく悲しかった。あの弁当屋のおやじさんは、今どこで何をしているのだろうか？

横断歩道

その道を通る時、車で、たいがいある横断歩道の手前を赤信号で止まる。左手を見ると、ある葬儀屋。昔、オヤジの葬式をここでした。暑い暑い夏の日。思い出す、思い出す、オフクロと姉の前でお別れの挨拶をしたことを。そんな三十秒（?）くらい横断歩道の手前でその待ち時間で、オヤジと空に喋って、その時の何かを祈って、人生を明日を発車する。

お別れの挨拶

その日、俺は亡きオヤジとの色々な出来事を思い出しながらハッピという詩を綴っていた。

〔ハッピ〕

家でごろごろしていたら
オヤジがフラワーフェスティバルに行こうと言った
あまり、しつこく言うので
めずらしく俺は、いいよと起きた
知らぬ間にわけもわからず

俺は道産子会のハッピを着て
平和大通りを行進していた
次の日、中国新聞の一面に
行進の先頭として、俺達が米粒大で写っていた
俺はなんだか嬉しくなり
写真屋に行き新聞の写真をさらに大きく引き伸ばした

道産子会のハッピを
いつの間にか忘れかけていた頃
再び見かけたのはオヤジの葬式の時だった
葬式に道産子会の人達がハッピ姿で集まってくれた
俺はね、その時、オヤジにはなれないと思った
一九九六年五月三日
今でも俺達は平和大通りを歩いている

この詩の中のオヤジの葬儀で俺は喪主の挨拶をしたのだが、ハッキリ言って俺は、いつもどもりがちで人前で喋るのが苦手であった。あがり症なのだ。そんな人のためにか葬儀屋で挨拶のひな型を作ってくれていた。

オフクロは、オヤジの葬式が円滑にゆくように、親戚の叔父さんに泣きついて、かわりに挨拶をしてくれないかと頼んだ。叔父さんは北国の親戚で地元の名士だった。叔父さんは怒って言った。

そんなことだから、いつまでたっても、俺が一人前にならないんだと。俺にやらせるんだと。いよいよ、お通夜。姉も凄く心配していた。家族みんなの大黒柱だったオヤジの葬儀がぶち壊しにならないように。みんなオヤジのことを心底思いながら、一抹の不安・心配をしていた。お通夜なのに、かなりの人が集まっていた。職場の上司、先輩、同僚達が駆けつけてくれていた。心強かった。色々俺に言葉をかけてくれた。帳場は近所の人達と職場のみんながしてくれていた。俺は立ち上がりマイクを持って大きな声で喋り始めた。ひな型を握りしめ、名前等を変えたりしながら、心を込めて今まで生きてきたすべての力を注いで挨拶をした。どうにか挨拶できた。姉の安堵の表情が見えた。

俺達と遠方の親戚一同は、通夜から葬式までの一夜を葬儀場の大きな部屋に泊まった。俺はその部屋で、何が起こったかわからない幼い姪達と遊んでいた。年上で年のかなり離れた雅春さんという従兄は、葬儀場の仏壇からずっと離れないで一睡もせず線香の火をともし続けた。家族で北海道に行った時は、色々と案内してもらった。羊ヶ丘でソフトクリームを家族みんなで「美味しい、美味しい」と食べたっけ。落ち着く温泉宿等の手配もしてもらった。雅春さんは、以前よく幼い頃のオヤジとの思い出を俺に楽しそうに語ったことがあった。ある時広島に出張に来て、ふらりとうちに泊まった時など、オヤジの寝室から楽しそうな二人の笑い声が何度も聞こえてきた。雅春さんが帰り、オヤジは嬉しそうにオシャレな小銭入れをもらったと俺に言った。何がどうなって、小銭入れをもらったのか、話のつながりはよくわからなかったが、どうせ俺の知らない昔の愉快な日々の思い出話に花を咲かせていたのだろう。

実は通夜、葬式の日程を一日ずらし遅らせていた。遠方からくる親戚が間に合わないためである。面識のない従妹は俺の姉に「疲れました」と本音を言った。北海道から広島まで、急遽のことゆえ、直通の券がとれず羽田を経由するのだが、彼女は羽田でも相当に待たされたらしい。ということは彼女だけでないということだ。葬儀場の広い部屋には、俺がまったく知らない親戚がたくさんいた。雅春さんのこと、目の前の姪達のこと、親戚達のこと、近所の人達のこと、職場のみんなのこと、そして明日の葬式のことなど考え、そして俺は一人になった。葬式の挨拶文のひな型を見た。何回も心の中で朗読した。涙を流さない自分がとても薄情な人間に思えた。

オヤジの笑い顔、泣き顔……。囲碁とパチンコが大好きだった。休日は囲碁以外、じっとするのが大嫌いで外にいた。知らない人とすぐ仲良くなり、どこでも人気者だったオヤジ。俺は囲碁を何度も手ほどきしてもらったが、とうとう覚えることができなかったよ。もう飛車、角の二枚落としてもらって、将棋を指すことはできないのか。ああでもない、こうでもないとどうでもいいような話や真剣な悩み話を聞いてもらうことはできないのか。いつも困らせてばかりの俺だった。最後の最後まで親不孝……………。

そして、次の日、葬式当日。親戚一同は、少し安心して俺に挨拶を託した。それにしても凄い人だ。オヤジの人徳か。ちらほらと道産子会のハッピが見える。平和大通りをフラワーフェスティバルで行進していた記憶が蘇る。何だかオヤジが成仏していってくれている気がした。凄い緊張で動悸がし頭の中が半分真っ白の中、どうにか俺は葬式の挨拶を終えた。これから火葬場へ行きオヤジの肉体はなくなるのだ、なぜかそんなことを思った。しばらくした後、北国の叔父さんが一言、「中々、良かったよ」と言ってくれた。

心筋梗塞

オヤジは六十六歳の時に
心筋梗塞で亡くなった
悔やまれるのは
前の晩、喧嘩をしたことだ
姉は「あんたが殺した」と言った
夜な夜な飲んで帰り
見かねたオヤジに説教された
そして、次の日、心筋梗塞
「あんたが殺した」
……………………

「毎晩遅く帰るので心配で眠れない」
オヤジは姉にそう言ったらしい
「あんたが殺した」

姉の一言

心をナイフで
えぐっても
形がないので
何ともないが
姉の一言で壊れてしまう

太陽

俺は今日太陽とケンカして負けた

ゆずりゾーン

俺は車を走らせていた
踏み切り沿いの変則的な交差点を
通り過ぎる時、道路に
「ゆずりゾーン」と書かれていた
なぜか俺はその時に
バスや電車のシルバーシートや
ゆずりあいの席を連想した
「昔は、そんなのなかったよな」
昔の人は現代人にない
豊かな温かい心を持っていたんだな

おのずと譲り合っていた昔の時代よ
時代からバトンを受け取った
人類の大切な大切なバトン

今の輝き

もう二度と帰って来ないもの
探せばいくらでもある
今の輝きは誰にも今しかないんだよね

飛鳥

俺は毎日
飛鳥と書いてある
大きな湯呑みを使っている
以前、オヤジが
寿司屋で使っていたものを
もらってきたものだ
オヤジから受け継いだ
形見といえば形見である
いつでもオヤジと対話できる
でっかくて、カッコイイ、湯呑み

わらマン

広島県の〝ぶちええ〟観光スポット、宮島に行くと、外国人が、「わら、わら」と言っている。

当時、高校生の俺は、ポカンと、同級生の友の言うこと聞いていた。

ふーん、「わら、わら」か。なんのことかなぁ？

「水、水」って言っているんだって。

「ウォーター」が発音的に「わら」になるらしい。だけど、なぜ、「水」って言っている？

よくわからなかった。弥山に登って、暑くて汗だくになって、「水、水！」と叫んでたのかな。

それは、今でもわからないが、その頃から、俺の中で、「わらマン」というスーパーヒーローが、生まれていった。

オヤジが寿司屋でもらった飛鳥と書いてある大きな湯呑みに、なぜか、水が入っていて、俺は「わら!!」と叫んで一気に水を飲み干し、スーパーヒーロー「わらマン」に変身し、スーパーマンやスパイダーマンのごとく、この世の悪に立ち向かうのだ。

俺のアジトは、もちろん宮島の弥山である。あぁ、なんて平和なんだ。だが、しかし、源平の世のレクイエムは今も静かに熱く熱くこの宮島の地に眠っている。我は、わらマン。「祇園精舎の鐘の声……」という宇宙感に包まれて今日もまた強く弱く時代を生きる〝わら〟ジャングリッシュ・スーパーヒーロー。

※ジャングリッシュとは俺用語で、日本語（Japanese）と英語（English）を組み合わせた造語である。

有り難い思い出

オヤジに褒められた思い出より
思いっきり殴られた思い出が
今頃よく思い出される
よっぽど有り難い思い出なんだね

素敵な幽霊

ひょっこり、亡きオヤジが現れて
まるで神の見えざる手のように
俺を導き助けてくれる時がある
あぁ、今宵、素敵なオヤジという幽霊に会えないかな？

オヤジが選んだいっちょうら

あれはもう昔のこと。家族四人で、暮らしていた頃。オヤジとオフクロと姉と俺。十九歳の俺は、大学に行くことを諦め、なぜか、どこかに就職することにした。しばらく、一般常識をひたすら勉強した。

そして、某会社の一次試験を受けて、合格した。今度は、二次試験が待っていた。俺とオヤジは、入社試験用のいっちょうらを買いに、有名なデパートに行った。今でも思い出すよ、あの日のことを。

オヤジは、ハッキリ言ってケチであった。金がなかったのかな。例えば、姉や俺が、視力が落ちて、メガネを買ってもらう時、とことん安いメガネを見つけきては、それを勧めた。すべてにおいてそんな感じだった。

だが、メガネに関しては、姉は女性なので、とことん反抗し結構いいメガネを手に入れた。これは、唯一の例外であった。

その日、デパートの紳士服売り場でオヤジと俺は、ぶらりぶらりと歩いていた。俺は思った。

「どうせ、いつものように、安い安い背広を俺に勧めるんだよね」

急にオヤジは、止まって言った。「この服なんか、どうだ？」

俺は目が点になった。オヤジが指差したスリーピースは、とんでもない破格の高級品だった。俺の将来のためなら……。

俺はオヤジを見た。

オヤジの眼差しが、これで一発勝負してみないか、と物語っているように思えた。俺は物凄く嬉しかった。俺に賭けてくれたんだね。俺は、そのスリーピースを着て、二次試験に臨んだ。

そして、今、当時を振り返る。オヤジ、おかげで、某会社に入った後、オヤジが亡くなってからも、何十年も勤めているよ。ありがとうございます、人生のいっちょうら勝負師さん。

面影ララバイ

オヤジの面影懐かしみ
オヤジの歌いし歌を口ずさむ

尊いことだから

素直な気持ちを
簡単に自然に出すのは難しい
それが一番大切で尊いことだから

よろしく哀愁

求めれば求めるほど
遠くなるものってあるよね
自分自身だったりして……

心で

なんでそんなに
外見を気にするの
心で勝負してみないか？

ロンリー

寂しい時は思い出という名の鏡を見る

男

愛という字を男にかえて家族を守りたい

俺という傘

雨が降れば傘をさせばいい
道がなければ切り開けばいい
さようならしたらまた逢えばいい
なにもそんなに悲しむ必要はない

風

誰がどうだとか
風が吹かなかったとか
そんなことは
どうでもいい
俺が俺であればそれでいい

謳歌

同じ人間でも
歩く速さは違う
見る角度は違う
それぞれの思いの中で
謳歌しているんだ人生を

大切に

自分を大切に生きる
ということは
少しずるさも必要か

ギター一本

俺はギター一本で
愛だけではなく、人生まで歌う
だから、つらく悲しい、楽しく嬉しい

何かのご縁で

生まれてきたそのわけは
わからないけど生きるんだ
生きないと失礼だ
何かのご縁で生命を受けて

縁

生を貰ったそれがこの世との縁

蟻

俺は後輩と山に登った
一息し、しばらくすると
一匹の蟻がズボンに
まとわりついた
俺は蟻を捕まえようとした
「くそう！　なんてすばしっこいんだ」
と俺が言うと、後輩は
さらりと言い返した
「蟻も生きるのに、必死なんですから」

明日

明日は
きっといいことがあるだろう
明るい日と書くから

「はじめなきゃ」

選んだ数々のチョイスは間違いだらけ
だが俺は、正しい方向に導かれていった
何事も「はじめなきゃ」いけないってことさ

手品

手品って人の目をくらますが
時に人を感動させたりする
俺もそんな嘘偽りがつきたい

物凄い何か

人は自分にないものに憧れる
でも、自分の心の奥底には
いつも物凄い何かが眠っている

しあわせ予報

天気予報でアメダスがあるなら
ハレダスは？
俺、しあわせデスは？
私、しあわせデスは？
全世界の空にしあわせいっぱい広がっておくれ

桜色のしあわせボタン

俺の心の空洞に
小さな花が咲いた
やがて、花は
空洞を覆いつくした
それは、恋でもなく
愛でもなかった
ただ俺は成長したかった
大きくなりたかった

プライドがないと

生きてゆけない
プライドを捨てないと
生きてゆけない
さて、今日の俺は？

俺の心をわかってよ
俺の心をまとめきれない
俺の心を受け止めて！

君に「サヨナラ」を
告げられた時
思わず涙が出そうだった
踏みとどまって頑張ろう
きっと君も「サヨナラ」を

過去に何度も乗り越えているはずだから

ただ俺は成長したかった
ただ俺は大きくなりたかった
しあわせ、それは
自分で見つけるしかない

いろんな意見を聞いても
決断のボタンを押すのは俺自身
桜色のしあわせボタンは自分自身で見つけよう

心機一転

俺の心をオフクロという洗濯機で洗ったら
ドロドロの憎しみややっかみがあふれ出た
そして、今日から心機一転
ピッカピッカの大人になって生きてゆける

俺の好きなこと

半年くらい前から、
オフクロが、ひどい時には、「今日、何日の何曜日？」と聞く
でも、俺の好きなこと、俺の日々言ったことを覚えているからいいんだ
そして、日々、俺をうならせようと、真心を込めて、手料理を作ってくれる
ありがとうございます

愛情麦茶

朝、四時にトイレに行くと、
テーブルの上の三個のコップに
麦茶が注がれている
ヤカンも満タンだ
さすが、オフクロ、俺も頑張らなくっちゃ！

お滝さん

朝起きて、「あつー」とオフクロに言った
「今年の『冬』は暑いから」と続けて言う
お互い気がつかない
「今年の『夏』は暑いから」である
お互い寝ぼけている
しばらくして、突然、「お滝さんです！」
オフクロは言った
汗が滝のように、オフクロの顔から流れていた

とくせい味噌汁

これからオフクロが作った
とくせい味噌汁を食べるのさ
あーあ、お腹すいたぜ
やさしいオフクロ、我儘な俺
何かで帳消しにしないとね

お気に入りの大切な傘

「この前どこかでお気に入りの傘をなくしたの」
とガッカリ落ち込んでいるオフクロ
「大切な傘は家にしまっとけば」と俺
「傘の意味ないじゃん、ワッハッハ」
「傘の意味ないね、ワッハッハ」

かわいいヤモリ

玄関の電気をつけると
ガラス戸の外にピタッと
ヤモリが白く見える
胴体をくっ付けていた
オフクロが、かわいい、かわいい、
撫でてやりたい、と言うので、
じゃあ、ガラス戸を開けて、
撫でてやったら、とからかって言ったら
「そんな怖いことできるわけないじゃない」と言った

おとぼけさん

オフクロが「鈴虫が鳴いている。涼しーくしてくれる」
そう、鈴虫の季節
食欲の秋、読書の秋だが、
ここはひとつ、恋愛の秋としておこうか
なぜか、俺はというと、「秋」と「春」を勘違いしそうになる
オフクロはニッコリ笑って、そんな俺に「おとぼけさん」と言った

シルバーウィーク

シルバーウィークの旅の帰り
高速のあるパーキングエリアで
赤ちゃん連れの男性が
木の大きな丸いベンチに座っていた
俺とオフクロもベンチの反対側に座っていた
何を思ったか赤ちゃんに
オフクロはベロベロバァーと
声を出さないいろんな仕草をし始めた
父親はスマホをしきりにいじっている
ホントにかわいい赤ちゃんだ

俺もオフクロみたいにベロベロバァー
すると赤ちゃんはオフクロを見てニコニコした
父親はまったく気づいていない
知らない家族同士
でも、父親はスマホで赤ちゃんの画像を見てる？
俺達はベロベロバァー
赤ちゃんはニコニコ
みんな一つに繋がっている？
俺はこの一期一会がなぜかたまらなく嬉しかった

生きたくてたまらない

俺が時に死にたいと思うのは
ホントは、生きたくてたまらないからこそ思うのだ

役目

存在するだけで
人類は役目を果たしている
それ以上問うてはいけないよ

前に前に↓↓

「生きとし生けるもの」と「時」の
ベクトル（本能）は同じである
それは「前に前に進むこと」である

ユア・マイ・ラブソング

オフクロを守ることが
俺を守ることだと
俺は知っていたユア・マイ・ラブソング

ファイブ　シーズンズ

生まれる前
すべてが消えていた時
自分が消えていた時
また消えたく思う時
悲しいね
何かのご縁で生まれて来た
これは奇跡だ
消えたいなどと思わず
この奇跡にこのチャンスに自分を賭けよう！

川沿いを歩いていた
緑の木々に陽がキラリ
すると目の前にふわり
二匹のトンボと雀が交差して飛んで行ったよ
今日はきっといいことあるね

無限の数字
無限の選択
無限の宇宙
その中で俺はひとり
その中で君との出会いはひとつだけ

冬にひたすら春を待つ
すると秋の頃も連想する

だって秋桜と書くじゃない
新しい季節が今咲き訪れる
桜の花びら舞い乱れ散る中を
コオロギのバイオリンハーモニー

春には春の華があり
夏には夏の華があり
秋には秋の華があり
冬には冬の華があり
君には君の華がありそれを情緒溢れる五季という

笑顔

笑顔いいね
かけひきなしの
笑顔いいね
かけひきなしの
笑顔は心の太陽だ

回想

ある時、あの日に立ち戻る
なぜなら、過去は未来の母だから

忘れないもの

心が忘れないでいるもの
永遠にいつまでも……
俺が生きている限り……
それは何か？
実はわからない
でも、嬉しい時
でも、悲しい時
心からジャンプして現れる

海の思い出

昔、家族四人で潮干狩りに行った
肉、米、タマネギ、七輪、飯盒を
家から持って行った
「海で肉を七輪の上の網であぶって食べたら美味しいだろうな」
ワクワクと子供心に思った
海辺でたくさんの貝がとれ、
貝をしばらくの時間、
海水につけ、飯盒で米を炊く
いよいよ、七輪の出番だ
肉、タマネギ、貝を七輪で焼く

美味しい、美味しい
予想に反して、肉より、
とれたての貝の方が数倍美味しい
ハ、ハ、ハ
家族四人の笑い声
あぁ、心からジャンプして現れた
何十年前の出来事……いついつまでも、忘れないよ、海の思い出

だぶだぶワイシャツ

俺が今着ているワイシャツは
以前は大きくだぶだぶで
俺が太ったために今は丁度よい
イニシャル付きだが
俺のイニシャルじゃない
そう、これら数枚のワイシャツは
オヤジの形見、俺を温かく包んでくれる

素晴らしい年に

もう年の瀬　毎日寒い朝
小さい頃　毎年
正月を迎えるというので
俺達家族は荒神市場に行って
いろんな食材を買っていた
家族四人であちこちと回ったよね
オヤジがいた頃
オフクロがまだまだ元気な頃
俺と姉が子供だった頃
……………………

近頃は年中スーパーが開いていて
いろんなものが売っているから
もう荒神市場には行かなくなった
そんな寂しいような今日この頃
あの頃が懐かしいよ
家族四人で回った荒神市場………

そして、正月も少し過ぎて
オフクロと二人で、久しぶりに山口県のいろり山賊店へ

着いたら二時半
美味しく食事していたら
店内に獅子舞が今年のしあわせ祈願？
俺もオフクロも獅子舞に

頭をかんでもらった
帰りはUターンラッシュで
凄い渋滞で止まったり走ったり
繰り返し繰り返し
家に着いたらホッとした
ほんの少し旅行気分だった
いろり山賊店で貰った小袋を
あけると五円玉が入っていた
使わないようにまた、小袋に戻す
獅子舞に二人とも頭をかんでもらったし
今年はきっと良い年かな？　いや、必ず素晴らしい年にしよう！

輝いているのは

オフクロが輝いているのは
太陽が輝いているからじゃなく
オフクロの心が輝いているからだよ

五月雨

「寒くなってきたね」
オフクロに言った
「私、今の季節の歌知っている」
とオフクロは村下孝蔵の『初恋』を歌い出した
「五月雨は緑色、悲しくさせたよ～～」
「でも、五月雨だよ」
「あっ、……私もたまには間違えるさ」
ふーん、たまにはね……

ハクション大魔王

ハクション！
ハクション！
ハクション！
とくしゃみをしたら
後ろから
「大魔王〜」とオフクロ
うーむ、相変わらずやね

美容整形

美容整形が流行っているので
オフクロに
「お母さんも美容整形すればいいのに」
「これ以上綺麗に
なったらどうすればいいの」
「えー、……」

リンゴ

小さい頃
よく体調を崩し
オフクロがリンゴを
食べやすいように
すりつぶして俺にくれた
あのリンゴの
形の変化がオフクロの愛情だ

ひび割れた手鏡

オフクロは
透明なテープで修繕した
ひび割れた手鏡を使っている
この前、旅行のみやげに
手鏡をプレゼントした
ありがとう！　と言って喜んだ
だけどオフクロは、いまだに
ひび割れた手鏡を使っている
ひび割れた手鏡を使っている
家族四人の思い出がぎっしりと詰まった

勘違い

いい思いつきをオフクロに言った
「ノーグッドだね」
とオフクロは答えた
「えー悪い意味かよ」
オフクロは俺の頭に手をのせ
「こっちの脳だよ」と言った

うがい

家に帰ってうがいをしようと
洗面台に行くと
水がいっぱい張ってある
「これじゃあ、うがいできないよ」
俺は愚痴り、洗面台の栓を抜いた
でも、この水は俺の洗い物のため
俺はオフクロに感謝してうがいをした

石油

オフクロも
楽な暮らしがしたいのか
意外な言葉
「石油でも当てたいね」
それは日本では無理なんよ
オフクロ………

「なれるよ〜」

藤井聡太さんの将棋四冠のニュースを見て
オフクロに、
俺はもう、あんな風になれんよね、
と言ったら、
「なれるよ〜」
とオフクロはハ、ハ、ハ、と笑い、
「さて、息子は何になれるかな？」と言った

紫陽花

出雲大社にオフクロと行った
遠かったので着くまでに
車でも結構、時間がかかったよ
お詣りの後、歩いていると
いろんな色の紫陽花が咲いていた
綺麗でオフクロが心を清められたのか
長い時間、足を止め見とれていた
紫陽花は美しく色を変えると聞く
なんか俺自身が鮮やかに素晴らしく
変わってゆくような気になった

オフクロと愛の二人三脚

時々ふと〝死にたい〟と思ったりすることがある
軽い〝病んでる〟って奴かな
でも、本当に〝死にたい〟わけではない
それは、しばらくの間どこかで休息をとりたい時の俺のサイン
気分的なものも大きく左右しているが
ココロは、あっちへ、こっちへ、転がるよ
そんな時、様々なことを考える
いっしょに暮らしているオフクロのこととか
こんなところでやられてたまるか、〝なにくそ〟と思う
徐々に力が湧いてくる

または、実際に二、三日休息をとる
こんなことでは、いけない、ダメだと思う
今までの人生で一番苦しかった時のことを思う
今までの人生で一番つらかった時のことを思う
その時を乗り越えた自分を自分で褒める
メチャクチャ褒める
〝おまえ〟は凄いぞ
〝おまえ〟はよくやっている
他の者がどう言おうと、〝おまえ〟は誰よりも頑張っている
〝おまえ〟ならこれからもきっとやれるはずだ
現にこうやって、人生を何十年間も頑張っているじゃないか
苦しく、つらい時は、休息をとりながら、これからもやっていこう
そして、俺には大切な家族がある
俺とオフクロ

確かに親離れ子離れしていないかもしれない
でも、俺達家族は、かけがえなく最高だと思うんだ
俺はオフクロから力を得、オフクロは俺から力を得ていると思う
これからも誰に後ろ指をさされることなく
俺達二人、あてどない人生を二人三脚で胸をはって生きてゆこうと思うんだ

※オフクロを愛するってことは俺を愛するってこと。オフクロを愛することによって俺も救われるんだと思う。オフクロも救われるんだと思うんだ。

著者プロフィール
五月 鯉之介（さつき こいのすけ）
北海道に生まれ、広島に育つ。
広島県立広島皆実高等学校卒業後、創作活動（主に詩作）に励む。
広島県在住。

(既刊書)
『ジュリエット志願』（2018年8月）
『檸檬インフィニティ∞』（2020年4月）
『淑女は謎とコーヒーの香り』（2021年6月）

また、菊永エイジというペンネームでも創作活動に励んでいる。
(既刊書)
『ヒロさんに捧げるバラード』（2012年1月）詩集
『愛について』（2013年8月）ショートショート集
『夜中の行進』（2017年6月）詩集などがある。
本書『面影ララバイ』は五月鯉之介がすべてを賭けた『ヒロさんに捧げるバラード』の家族バラード姉妹編である。

面影ララバイ

2022年3月15日 初版第1刷発行

著 者 五月 鯉之介
発行者 瓜谷 綱延
発行所 株式会社文芸社
〒160-0022 東京都新宿区新宿1－10－1
電話 03-5369-3060（代表）
03-5369-2299（販売）

印刷所 株式会社エーヴィスシステムズ

ISBN978-4-286-23500-4 JASRAC 出 2109961－101